AF290353

Analyse d'œuvre

Rédigé par Gaïa Mugler.
Sous la direction de Karine Vallet

Le Joueur d'échecs

de Stefan Zweig

STEFAN ZWEIG

- Né en 1881 à Vienne (Autriche)
- Mort en 1942 à Petrópolis (Brésil)
- **Quelques-unes de ses œuvres :**
  - *Amok ou le Flou de Malaisie* (nouvelle, 1922)
  - *La Confusion des sentiments* (nouvelle, 1926)
  - *La Pitié dangereuse* (roman, 1938)

Figure dominante de la littérature autrichienne, Stefan Zweig est avant tout un intellectuel épris d'histoire, de philosophie et de littérature. Dès son plus jeune âge, il fréquente les théâtres, participe à la vie culturelle viennoise et berlinoise, et entretient des correspondances fournies avec des hommes de lettres admirés, comme Franzos (écrivain austro-hongrois, 1848-1904) et Jacobowski (poète et écrivain allemand, 1868-1900).

Mais il n'est d'aucune école : son apprentissage passe plutôt par l'humain, la rencontre et la vie, plutôt que les murs de l'institution scolaire, ce qui se reflète dans son œuvre. Zweig est un homme libre qui ne supporte pas les carcans. Ni le milieu scolaire, ni la politique, ni la littérature ne réussiront à l'enfermer dans un parti, un genre ou une école.

Écrivain prolixe et multiforme, il se fait surtout connaître grâce à ses biographies, telles que *Fouché* (1929) ou *Marie-Antoinette* (1932), et ses nouvelles. Là, son art de la description psychologique peut s'exprimer pleinement. Chacune d'entre elles déclenche l'enthousiasme, tant dans les pays de langue allemande qu'ailleurs dans le monde. Ses fictions, comme *Lettre d'une inconnue* (1922) ou *Vingt-quatre heures de la vie d'une femme* (1927), sont presque systématiquement des romances. *Le Joueur d'échecs* (1943) est la seule nouvelle dont l'objet n'est pas une passion amoureuse. Pour autant, la passion qui y est mise en lumière n'est pas moins dévastatrice…

LE JOUEUR D'ÉCHECS

- **Genre :** nouvelle
- **1ʳᵉ édition :** 1943 (aux éditions Bermann-Fischer pour la version originale) et 1944 (aux éditions Delachaux et Niestlé pour la version française)
- **Édition de référence :** *Le Joueur d'échecs*, Paris, Stock, coll. « La Cosmopolite », 2014.
- **Personnages principaux :**
  - Monsieur B. : victime du régime nazi et passionné d'échecs, il est le héros de la nouvelle.
  - Mirko Czentovic : champion du monde d'échecs, il est l'adversaire à vaincre.
  - Le narrateur, un simple passager : sa curiosité envers les autres personnages est le moteur de l'action. Il sauve Monsieur B. à la fin de l'histoire.
- **Thématiques principales :** la folie, la solitude, la passion du jeu, le langage, la guerre, l'enfermement

Le Joueur d'échecs est écrit à Petrópolis alors que Stefan Zweig, exilé au Brésil, observe avec désespoir la chute de l'Europe qu'il avait rêvée, détruite par la Seconde Guerre mondiale (1939-1945). Cet homme optimiste, qui souhaite porter un message d'espoir et de paix à travers la planète, n'a plus la force de raviver sa foi en un monde meilleur.

Le suicide, thème présent dans certaines de ses nouvelles, lui apparaît donc comme un dernier acte de liberté et de courage face à l'agonie du monde. Il rédige *Le Joueur d'échecs* en quelques mois et met fin à ses jours en compagnie de sa femme, Lotte, le 22 février 1942.

La nouvelle paraît de façon posthume, en 1943, à Stockholm (Suède). Elle raconte l'histoire de deux joueurs d'échecs, que tout oppose, qui s'affrontent sur un paquebot. Son succès est immédiat et durable. C'est sans doute le texte le plus connu et le plus traduit de l'auteur.

Œuvre testament, elle est à la fois représentative des aspects les plus appréciés de l'écriture de Zweig et des bouleversements d'une époque marquée par la tyrannie et le chaos. Surtout, elle traduit les réflexions et les doutes d'un écrivain à la carrière aussi riche que son parcours de vie. Les tensions et les thèmes qui parcourent le texte du *Joueur d'échecs* en font une œuvre intemporelle et universellement aimée.

LA VIE DE STEFAN ZWEIG

Portrait de Stefan Zweig.

Homme discret et modeste, Stefan Zweig reste réservé sur sa vie privée, jusque dans son auto-biographie. Pour preuve, sa première femme, Friderike, lui écrit plusieurs fois qu'elle regrette que le grand public ne puisse voir de lui que l'homme de lettres, le dandy élégant et chic, alors que toute la richesse de sa personnalité intime échappe à la postérité.

UN MILIEU SOCIAL PRIVILÉGIÉ

Issu d'une famille juive d'entrepreneurs en textile, Stefan Zweig évolue dans le milieu fortuné et cultivé de la bourgeoisie viennoise, où il est de bon ton de parler plusieurs langues. D'ailleurs, la langue du quotidien est bien souvent… le français !

Stefan grandit avec son frère Alfred dans un climat laïc, sa famille aspirant à s'assimiler à la société autrichienne. L'éducation des deux garçons est encadrée par des nourrices et répétiteurs, qui ont pour but de développer chez eux le sens de la culture. Mission accomplie, sauf pour Stefan en ce qui concerne le sport, comme le souligne Oliver Matuschek dans sa biographie : « Il était peu doué pour le patin à glace, la natation, le vélo. » (MATUSCHEK (Oliver), *Stefan Zweig : Drei Leben – Eine Biographie*, Francfort, Éditions S. Fischer Verlag, 2006)

Fille de banquier, sa mère leur inculque la fierté d'être « d'une bonne famille », où l'on sait « tenir son rang ». Dans l'un de ses articles, Régine Battiston révèle que « l'allure et la distinction de la mère de Zweig marqueront durablement son fils » (BATTISTON (Régine), « L'élitisme de Stefan Zweig », in *germanica.revues.org*). Quoique l'attitude hautaine de cette dernière l'agace, Stefan en hérite un soin notable pour son apparence vestimentaire, qui se veut raffinée, remarquée par les journalistes de son temps.

À l'école, le jeune Stefan obtient de bons résultats, mais nourrit une féroce détestation des études académiques. Après le lycée, l'unique exigence de ses parents est qu'il obtienne le titre de docteur : il décroche son diplôme en 1904, en rédigeant une thèse sur Hippolyte Taine (essayiste et historien français, 1828-1893). Stefan s'inscrit ensuite en faculté de philosophie, mais passera le moins de temps possible entre les murs de l'université.

En dehors de son cursus universitaire (qu'il suit quelque peu en dilettante), Stefan Zweig a toute liberté pour se consacrer aux arts, sans se soucier de préoccupations matérielles. En effet, Régine

Battiston note qu'il mène « une vie de bohème dorée entre promenades viennoises, après-midi au café, échecs ou billard dans une atmosphère insouciante propre au milieu protégé et riche qui est le sien » (*ibid.*). La biographie de Dominique Bona confirme ce mode de vie : Stefan passe « les soirées au théâtre, à l'opéra et au concert, et puis à lire la nuit » (Bona (Dominique), *Stefan Zweig, l'ami blessé*, Paris, Grasset, 2010, p. 22).

Épris des œuvres d'Émile Verhaeren (écrivain belge, 1855-1916), Hugo von Hofmannsthal (écrivain autrichien, 1874-1929), Rainer Maria Rilke (écrivain autrichien, 1875-1926), Hermann Hesse (écrivain allemand naturalisé suisse, 1877-1962) et autres hommes de lettres de son temps, il poursuit son éducation littéraire en lisant leurs œuvres et en allant jusqu'à entretenir des correspondances avec eux, parmi lesquels certains deviendront des amis. C'est que, dès l'adolescence, Stefan a fait son choix : il sera homme de culture et auteur. Ainsi publie-t-il ses premiers poèmes alors qu'il n'est encore qu'au lycée.

LE PASSEUR AUX OUTILS MULTIPLES

Auteur prolixe, Stefan Zweig s'essaie avec brio à tous les genres : poésie, théâtre, nouvelle, roman, biographie, essai, drame, livret d'opéra, article, préface, traduction, etc. Genres très appréciés à l'époque, ses biographies et essais sur Marie-Antoinette (reine de France, 1755-1793), Dostoïevski (écrivain russe, 1821-1881) ou Nietzsche (philosophe et poète allemand, 1844-1900) touchent par leur fine analyse psychologique. Son unique roman, *La Pitié dangereuse* (1939), est aussi bien reçu que ses nouvelles, de même que son autobiographie aux accents nostalgiques, *Le Monde d'hier* (1942). Dès leur parution, ses ouvrages se vendent à des dizaines de milliers d'exemplaires, et ce, dans des dizaines de pays.

Stefan Zweig ne fait pas partie de l'avant-garde : il ne se tourne pas vers les mouvements novateurs de son époque tels que le naturalisme allemand, le mouvement de la jeune Vienne, le modernisme du Bauhaus, l'expressionnisme ou le dadaïsme. C'est sans doute l'une des raisons qui préside à son succès de son vivant. Mais comment expliquer qu'au fil des ans, chaque génération, partout dans le monde, lise et apprécie cet auteur ? Il est certain que son attrait pour les genres à la mode (nouvelles et biographies sont très populaires à l'époque, surtout en pays germanophones) et sa volonté d'écrire pour le grand public jouent en sa faveur. Son style concis et rythmé va directement à l'essentiel avec élégance.

Homme cosmopolite, Stefan Zweig est l'intellectuel européen par excellence. Encouragé par son grand ami Romain Rolland (écrivain français, 1866-1944), il est un éternel défenseur de l'humanisme (philosophie qui place l'Homme et ses valeurs au centre de sa réflexion). Pourtant, la Première Guerre mondiale (1914-1918) l'ébranle profondément, au point qu'il écrit une lettre ouverte nationaliste dans un quotidien de l'époque. Romain Rolland le ramène rapidement aux dispositions européennes d'ouverture qui lui sont familières.

Le pacifisme exacerbé de Zweig suscite d'ailleurs des critiques au cours de la guerre : on lui reproche de ne pas assez prendre parti. Par ses contacts, il permet pourtant à nombre d'intellectuels européens d'échapper à l'emprise des nazis. S'il refuse à toute force de s'engager de manière active dans la politique, il est du clan des constructeurs, et non de la critique. Il milite pour une Europe des esprits, car « il savait donner de la voix pour exalter, avec une inflexible espérance, la compréhension de tout ce qui est étranger [...] pour servir un indestructible idéal : l'entente entre les hommes, les opinions, les cultures, les nations » (TUNNER (Erika), « Rencontres avec Stefan Zweig », in *Europe*, n° 794-795, juin-juillet 1995, p. 5).

En tant que francophile, Stefan Zweig traduit de nombreuses œuvres d'auteurs francophones – notamment Verhaeren. Véritable ambassadeur de la culture, il conseille les éditeurs, joue les agents littéraires, etc. Il se définit d'ailleurs davantage comme un médiateur que comme un véritable créateur en littérature.

LE VOYAGEUR

Le début des années 1930 connaît une forte montée du nazisme en Autriche. En 1933 ont lieu les autodafés dirigés contre l'esprit non allemand, c'est-à-dire contre les écrits d'auteurs marxistes, pacifistes et juifs. Le nom de l'écrivain est sur la liste noire. En 1934, l'approche de la guerre et le climat de plus en plus irrespirable le poussent à quitter définitivement l'Autriche. Bien que Zweig soit un grand voyageur par goût (il parcourt l'Europe au début du XXe siècle), c'est le contexte politique hostile qui l'a poussé à quitter son pays natal.

Il laisse derrière lui de nombreux documents et se sépare de sa femme Friderike, qui ne veut pas encore s'exiler. D'autres soucis d'ordre privé jouent sans doute dans cette séparation, tels que les aventures de cet « homme à femmes », pourtant discret et élégant, qu'est Zweig.

Il se réfugie à Londres, où il vit d'ailleurs avec sa maîtresse qui deviendra bientôt son épouse, Charlotte Elizabeth Altmann, dite Lotte, de 30 ans sa cadette. La jeune femme, asthmatique et plutôt mélancolique, ne ressemble en rien à Friderike, que l'on peut imaginer plus solide et indépendante d'après les correspondances et les biographies qui lui sont dédiées. Friderike et Stefan conserveront d'ailleurs des relations affectives fortes et ne cesseront de s'écrire tout au long de leur vie.

| Stefan et Friderike Zweig entourés d'amis à Vence (France), 1937.

Zweig et Lotte demandent la nationalité britannique, qu'ils n'obtiendront qu'en 1940, longtemps après avoir quitté l'Angleterre. De fait, le couple émigre très vite aux États-Unis. Mais l'obtention de carte de séjours longs est trop compliquée et ils s'installent au Brésil en 1936, à Petrópolis. Zweig continue cependant de voyager entre l'Amérique du Nord et du Sud. Sa correspondance révèle que, tout comme le narrateur du *Joueur d'échecs*, Zweig prend un bateau allant de New York à Rio de Janeiro, en passant par Buenos Aires. Cette anecdote peut pousser à une lecture partiellement biographique de sa dernière nouvelle.

LA FIN

Le Joueur d'échecs est l'illustration parfaite des thèmes de la dépossession et de l'impuissance, chers à l'auteur. Monsieur B. est dominé par sa passion, rendu fou par lui-même autant que par ses tortionnaires. Il est impuissant face à sa maladie mentale qui le dépasse, tel, peut-être, Zweig face à la dépression causée par les nouvelles de la guerre qui lui parviennent. La destruction, par les victoires d'Adolf Hitler (homme d'État allemand, 1889-1945), de son idéal d'un monde porteur de valeurs humanistes, pousse Zweig au désespoir. À 60 ans, il décide de se suicider le 22 février 1942 avec Lotte, après avoir longuement joué aux échecs avec son ami Feder (journaliste allemand, 1881-1964).

| Stefan et Lotte Zweig.

Comme c'est un homme des plus respectueux et craignant toujours de peser sur ses amis, ses affaires sont en ordre. Il envoie à sa première femme une lettre d'adieu et laisse une note à ses amis pour leur expliquer son départ :

> « Je préfère donc mettre fin à ma vie au bon moment, debout, comme un homme dont les productions culturelles ont été son bonheur le plus pur et sa liberté personnelle – les deux choses les plus précieuses sur cette terre. Je salue tous mes amis : puissent-ils vivre pour voir l'aube après cette longue nuit. Moi-même, impatient, les précède. » (cité par OURY (Antoine),

« La dernière lettre de Stefan Zweig : "Mon foyer spirituel, l'Europe, s'est effondré" », in *actualitte. com*, 9 août 2016)

RÉSUMÉ DU *JOUEUR D'ÉCHECS*

UNE TRAVERSÉE PLACÉE SOUS LE SIGNE DE LA COMPÉTITION

Une nuit de 1938, un navire quitte le port de New York pour Buenos Aires. Très vite, il devient le théâtre d'un combat psychologique inouï. Par le biais d'un ami, le narrateur apprend qu'à bord du bateau se trouve Mirko Czentovic, jeune champion d'échecs dont il fait un portrait contrasté. Véritable machine lorsqu'il s'agit de jouer aux échecs et d'en tirer des profits conséquents, Czentovic est réputé pour son inculture, son esprit borné et sa bêtise abyssale.

Le mystère qui entoure cet être énigmatique pousse le narrateur, maladivement curieux, à vouloir s'en approcher. Comment aborder ce jeune homme taciturne et impénétrable ? Le meilleur stratagème est encore d'attirer son attention en jouant aux échecs en public. C'est d'abord un riche et orgueilleux Écossais,

MacConnor, qui se laisse appâter par le défi. D'un mot malheureux (mais l'est-il tant qu'il y paraît ?), le narrateur fait remarquer à l'Écossais le mépris de Czentovic à leur égard. MacConnor est piqué au vif et demande au champion d'échecs de bien vouloir disputer une partie. Ce dernier accepte, contre une somme exorbitante.

ÉCHEC ET MAT

Le lendemain, les passagers amateurs d'échecs sont avertis et se rassemblent pour observer le combat. Pour des raisons pratiques, le « maître » propose d'affronter tous ses adversaires simultanément et de leur accorder un temps de concertation de 10 minutes avant chaque mouvement, durant lequel il se tiendra à l'écart de la table de jeu et attendra qu'on fasse tinter un verre pour revenir. MacConnor, qui mène la partie, essuie une défaite cuisante en quelques coups. Mauvais perdant, il exige une revanche.

Lors de cette deuxième partie, un mystérieux inconnu intervient, tel un ange tombé du ciel, et retourne la situation, forçant Czentovic à s'asseoir pour jouer plus attentivement. Grâce à cet homme qui n'est identifié que par l'initiale de son nom, Monsieur B., le petit groupe d'amateurs obtient une partie nulle face au champion du monde. Ce résultat inattendu surprend l'assemblée, y compris Czentovic, qui propose de lui-même une troisième partie.

Mais Monsieur B. s'effraie de sa propre audace, se récusant d'avoir le niveau suffisant pour affronter un champion. Il n'a « pas touché à un échiquier [...] depuis plus de vingt ans » (p. 56), s'excuse-t-il auprès des joueurs au comble de la surprise. Il s'efface ensuite tout aussi brusquement qu'il était apparu. Le narrateur, mandaté par les joueurs, retrouve Monsieur B. sur le pont et le persuade de jouer une partie seul contre Czentovic. La curiosité le pousse à interroger l'inconnu sur l'origine de son talent. Ce dernier lui confie alors l'étrange récit de sa vie.

LES RÉVÉLATIONS

À Vienne, Monsieur B. possédait un cabinet d'avocats et gérait les secrets et fortunes de puissantes personnalités de la famille impériale autrichienne. Tandis qu'Adolf Hitler arrive au pouvoir en Allemagne, le national-socialisme (nazisme) grandit en Autriche. Un obscur petit commis espionne alors les activités du cabinet, ce que Monsieur B. ne comprend que trop tard.

Lors de l'*Anschluss* (l'annexion de l'Autriche par l'Allemagne en mars 1938), l'avocat est arrêté par la Gestapo (police secrète d'État allemande) suite à la délation par le commis de sa judéité et de ses liens notariaux avec la famille impériale. Mais au lieu d'être envoyé dans un camp de concentration, l'intellectuel raffiné qu'est Monsieur B. est enfermé dans une chambre de l'hôtel Métropole, le quartier général de la Gestapo.

Il y est privé de toute distraction, de toute interaction et de tout contact avec le monde extérieur. Ne troublent sa solitude et son ennui que les interrogatoires des nazis. La santé mentale du prisonnier est mise à rude épreuve : s'il s'angoisse à l'idée d'en dire trop sur ses affaires et de trahir ainsi ses amis, il est également tourmenté à l'idée de n'en dire pas assez et de se nuire à lui-même. Ainsi, les interrogatoires et l'isolement total affaiblissent sensiblement ses nerfs.

Par hasard, il réussit un jour à subtiliser un petit manuel d'échecs dans la poche du manteau de l'un de ses bourreaux. Grâce à celui-ci,

Monsieur B. devient un expert aux échecs. Apprendre les parties des plus grands joueurs de l'époque le distrait de son inoccupation. Il se sert de mie de pain et de sa couverture quadrillée pour reproduire les parties. Rapidement, cet échiquier de fortune lui devient inutile, car il a mémorisé les parties et les rejoue en imagination. Le jeu renforce ses capacités mentales, et il s'en trouve plus fort lors des interrogatoires.

Or bientôt, ce procédé ne lui suffit plus, et il se met à jouer contre lui-même, en inventant des parties. À poursuivre ainsi son ombre, il développe une schizophrénie (psychose délirante caractérisée par des hallucinations et le dysfonctionnement de la pensée). La maladie le ronge à petit feu, jusqu'à déclencher une violente crise de nerfs qui le conduit à l'hôpital, inconscient et blessé à la main. Là, un médecin compatissant le tire des griffes des SS. Il doit alors impérativement quitter le pays sous 15 jours et se retrouve sur le navire en partance pour l'Argentine.

UN DÉFI DANGEREUX

Monsieur B. accepte finalement d'affronter Czentovic, pour vérifier s'il sait véritablement jouer aux échecs, ou si les combats mentaux qu'il menait relevaient déjà d'une folie sans rapport avec le jeu. De crainte de retomber dans sa maladie obsessionnelle, il s'engage à ne jouer qu'une partie. Chez le narrateur, confident et compatriote de Monsieur B., l'empathie l'emporte désormais sur la curiosité : son regard a définitivement changé, et cela le fait passer du statut d'observateur au statut d'acteur.

Le lendemain, le face-à-face avec Czentovic se clôt par la victoire de Monsieur B., mais son comportement est manifestement altéré. Lorsque le champion d'échecs demande une revanche, Monsieur B. oublie son engagement et accepte. Czentovic, qui a décelé la fragilité de l'intellectuel et son impatience hystérique, se fait un principe d'exploiter pleinement les 10 minutes imparties entre chaque coup : cette lenteur délibérée ennuie Monsieur B., ce qui réveille sa schizophrénie. Pour se divertir, il entame alors une seconde partie en imagination.

L'inquiétude du narrateur croît à mesure qu'apparaissent les symptômes marquant le retour de la maladie mentale du joueur. Mélangeant les deux parties qu'il mène, l'une réelle, l'autre imaginaire,

Monsieur B. déclare sa victoire alors qu'il n'en est rien. Le narrateur décide alors d'intervenir et de le ramener à la réalité. Monsieur B. reprend ses esprits, déclare forfait et s'excuse. Czentovic a le dernier mot, concluant la nouvelle, à la dernière page, d'une remarque faussement magnanime, condescendante, envers son partenaire : « Pour un amateur, il ne joue pas mal du tout. »

L'ŒUVRE EN CONTEXTE

AUX ORIGINES DE L'ÉCRITURE

La Seconde Guerre mondiale

Le contexte historique conditionne profondément l'écriture de la nouvelle. Après la Première Guerre mondiale, l'Autriche connaît une période de crise économique grave, qui débouche sur une politique troublée et un climat de violence. Le nazisme progresse sans que les élites ne s'en rendent compte.

Même si le chancelier Dollfuss (homme d'État autrichien, 1892-1934) s'oppose aux nazis, son arrivée au pouvoir en 1932 marque la fin de la démocratie pour l'Autriche : il refuse une coalition avec les socio-démocrates, dissout le Parlement et instaure un État autoritaire. Ainsi tente-t-il de redresser le pays, touché de plein fouet par la crise de 1929, d'une main de fer. Il est assassiné en 1934, année où Zweig s'exile à Londres.

En 1938, son successeur, Schuschnigg (homme politique autrichien, 1897-1977), mentionné par Monsieur B. pour contextualiser le récit des débuts de sa mésaventure, doit capituler devant Hitler. C'est l'*Anschluss*, l'annexion de l'Autriche par le Reich allemand à la suite d'un coup d'État du Parti nazi autrichien, qui précède de quelques mois le début officiel de la Seconde Guerre mondiale.

Fin 1941, la guerre devient véritablement mondiale, avec l'intervention du Japon et des États-Unis. Zweig voit alors s'écrouler ses rêves d'une Europe cosmopolite des idées et d'un monde empreint d'humanisme et de pacifisme. Bien que s'étant retiré au Brésil, il ne supporte plus de voir les valeurs qui lui sont chères détruites dans le chaos de la Seconde Guerre mondiale.

Le chasseur d'âmes

Grand admirateur et ami de Freud (neurologue et psychanalyste autrichien, 1856-1939), Stefan Zweig s'applique à explorer les zones secrètes de la psychologie des individus, sans pour autant chercher à illustrer les théories de ce dernier. Il envoie d'ailleurs à son aîné, avec qui il entretient une correspondance assidue, toutes ses œuvres, que Freud analyse systématiquement.

Ce qui intéresse l'écrivain, c'est l'individu, les mystères de l'inconscient qui font toucher à un homme l'infini et peuvent le pousser aux marges de la société. Doté d'une grande empathie envers ses personnages, il est toujours en faveur des vaincus dont il promeut la grandeur d'âme, même dans leur chute. Il y a toujours un peu de Zweig dans chacun des protagonistes de ses récits. La figure du narrateur, surtout, sorte de confident bienveillant pour les héros, se confond souvent avec l'image de l'auteur.

Malgré quelques critiques, on lui reconnaît une finesse d'analyse psychologique sans précédent. Erika Tunner écrit qu'il sait « montrer l'angoisse, ses signes secrets, ses menaces presque indétectables, sa brusque étreinte. Il pénètre l'hypocrisie, le refus du courage, la demande de reconnaissance, le ressentiment, la désillusion, le pouvoir et la détresse » (« Rencontres avec Stefan Zweig », in *Europe*, n° 794-795, juin-juillet 1995, p. 4).

Romain Rolland le sait bien, lui qui qualifie son ami de « chasseur d'âmes » (cité par DESHUSSES (Pierre), « Révolutionnaire de cœur », in *brederechas2017.blogspot.be*, 24 avril 2017). Zweig cherche à dire l'humain, l'impuissance à laquelle ce dernier est confronté devant ses obsessions, ses « démons » qui le dépassent. D'après Richard Lionel, Zweig s'attache à dévoiler les contradictions de l'être humain, « le jeu en lui entre les pulsions, les instincts, des forces qu'il ne connaît pas qui le dirigent, et sa réflexion, son action. Qu'est-ce que la destinée de l'homme à ses yeux ? Un itinéraire entre deux extrêmes, deux pôles éternels : le romantisme et la réalité » (LIONEL (Richard), « Avant-propos », in *Le Magazine littéraire*, numéro spécial Stefan Zweig, n° 531, mai 2013, p. 8).

Les autres sources d'inspiration

Dans une lettre à Friderike, sa première femme, Zweig raconte qu'il a trouvé un manuel d'échecs et qu'il se divertit à y jouer avec son ami Ernest Feder, mais aussi qu'il a commencé une nouvelle portant sur ce jeu.

L'intrigue du *Joueur d'échecs* naît également d'un souvenir. Un jour, Stefan Zweig surprend un pickpocket en train de faire les poches d'un bourgeois. Au lieu de le dénoncer, l'auteur l'observe avec une attention extrême, gravant la scène dans sa mémoire. Le vol du livre dans *Le Joueur d'échecs*, véritable tournant dans la nouvelle, en est le résultat.

Une œuvre testament

Alors qu'il s'est réfugié au Brésil, Zweig écrit *Le Joueur d'échecs* de l'automne 1941 à l'hiver 1942, quelques mois avant de se donner la mort. Lui qui a toujours voulu écrire des textes porteurs d'espoir, constructifs plutôt que critiques, n'a plus la force d'affronter cette époque sombre. Il l'avoue dans la note qu'il laisse après sa mort :

> « Avant de quitter la vie de ma propre volonté et avec ma lucidité, j'éprouve le besoin de remplir un dernier devoir : adresser de profonds remerciements au Brésil, ce merveilleux pays qui m'a procuré, ainsi qu'à mon travail, un repos si amical et si hospitalier. De jour en jour, j'ai appris à l'aimer davantage et nulle part ailleurs je n'aurais préféré édifier une nouvelle existence, maintenant que le monde de mon langage a

disparu pour moi et que ma patrie spirituelle, l'Europe, s'est détruite elle-même.

Mais à soixante ans passés, il faudrait avoir des forces particulières pour recommencer sa vie de fond en comble. Et les miennes sont épuisées par les longues années d'errance. » (cité par OURY (Antoine), « La dernière lettre de Stefan Zweig : "Mon foyer spirituel, l'Europe, s'est effondré" », in *actualitte.com*, 9 août 2016)

Son œuvre est née de ce constat d'échec. La chute dramatique et la cruelle remarque finale de Czentovic laissent le lecteur sur l'image douloureuse d'un avenir dominé par des brutes ignares, par des mécaniques inhumaines et absurdes. De plus, la nouvelle est traversée de réflexions interrogatives non résolues : quel est le rôle de la littérature ? Quel art faut-il défendre ? Peut-on triompher de la barbarie par la culture ? etc. Les doutes et la fragilité de l'optimisme déterminé de l'auteur se font ainsi jour entre les lignes.

LE CONTEXTE LITTÉRAIRE

L'art pour l'art

En 1943, lorsque la première édition du *Joueur d'échecs* paraît en Suède, cela fait longtemps que

Stefan Zweig, alors disparu, compte parmi les auteurs de langue allemande les plus connus. Mais lorsqu'il commence à écrire, plus d'une quarantaine d'années plus tôt, le jeune écrivain ne fait pas partie de l'avant-garde littéraire. Il s'inscrit davantage dans la lignée des romantiques.

Si Zweig est l'héritier d'une génération désenchantée par une situation économique et politique en crise, en perte de repères, qui se tourne vers l'art pour l'art (mouvement artistique et culturel, théorisé par le poète et romancier français Théophile Gautier, 1811-1872), il n'adhère pas non plus, contrairement à ses prédécesseurs, à ce modèle esthétique. Bien que son style soit quelque peu influencé par cet héritage, l'écrivain critique ce qu'il estime être une « monomanie, un culte fanatique des beaux-arts, une tendance à surestimer les valeurs esthétiques poussées jusqu'à l'absurde » (LE RIDER (Jacques), « Représentations de la condition juive », in *Europe*, n° 794-795, juin-juillet 1995, p. 38).

Son mépris pour la tour d'ivoire dans laquelle s'est enfermée toute une partie de l'intelligentsia européenne se reflète dans *Le Joueur d'échecs*. Ce que Jacques Le Rider appelle « la fuite hors du monde et le déni de réalité que constitue l'art pour l'art » (*ibid.*) mène, aux yeux de Zweig, à la folie ou à la mort. Ainsi, Monsieur B. cherche à échapper à une réalité insoutenable en se réfugiant dans des parties d'échecs imaginaires. Déconnecté de la réalité, il s'enferme dans un jeu gratuit et dérisoire. Or, cela le mène à l'autodestruction : nous pourrions peut-être voir en cela une critique de l'art pour l'art.

La nouvelle allemande

D'emblée, les genres de prédilection de Zweig sont la biographie et la nouvelle, deux formats à la mode, mais surtout, deux genres qui lui permettent d'exploiter son habileté à analyser la psychologie des personnages.

La fin du XIXe siècle et le début du XXe siècle encensent deux maîtres de la nouvelle, dont Zweig se réclame : Maupassant (écrivain français, 1850-1893) pour la langue française et Schnitzler (écrivain et médecin autrichien, 1862-1931) pour la langue allemande. L'on notera ici que la nouvelle allemande n'est pas exactement la nouvelle française : en effet, la langue française donne au terme un sens beaucoup plus général que la langue allemande, qui dispose d'un grand nombre de vocables pour identifier les différents types de nouvelles et de récits brefs. Cela témoigne de l'intérêt majeur que les germanophones ont pour la nouvelle, là où le genre a toujours plus ou moins été considéré comme mineur dans la littérature francophone.

La nouvelle allemande est en général plus longue que la nouvelle française. Elle se caractérise par une composition très dense, « le plus souvent dramatique, et dont le contenu éclaire généralement toute la vie du héros » (Thieberger (Richard), *Le genre de la nouvelle dans la littérature allemande*, Paris, Minard, 1968, p. 7). En outre, le fantastique apparent de la nouvelle allemande confère une atmosphère angoissante au texte : « La nouvelle reste en deçà du surnaturel, mais elle cherche à s'en rapprocher pour bien souligner la précarité et la fragilité du monde réel. » (*ibid.*, p. 10)

Aussi le *turning point* de l'intrigue (le tournant) prend-il une importance beaucoup plus grande que dans la nouvelle francophone. Dans *Le Joueur d'échecs*, le tournant que constitue le vol du manuel fait l'objet d'une longue description, à la mesure de la place que le livre tiendra dans la vie de Monsieur B. Par conséquent, cette œuvre s'inscrit bien dans la tradition de la nouvelle de langue allemande.

ANALYSE DES PERSONNAGES

LE NARRATEUR : LE MAÎTRE DU JEU

Le narrateur est un homme dont on connaît peu de choses, si ce n'est qu'il est Viennois, voyage avec sa femme et joue aux échecs en amateur. Discret, élégant dans ses manières, cultivé, empathique et maladivement curieux, il partage de nombreux points communs avec l'auteur et Monsieur B. Il assume une fonction de conteur intradiégétique (qui est à l'intérieur de la narration). En majeure partie observateur, il se fond dans le groupe de spectateurs, à tel point que le « je » est remplacé par un « nous » qui semble inclure jusqu'au lecteur.

Dès le début, il se place « un peu à l'écart » (p. 9) et gardera cette posture jusqu'au dernier moment, à partir duquel son empathie pour Monsieur B. le force à agir. La position du narrateur est donc dans l'entre-deux. Il est contraint d'intervenir bien qu'il tente de rester extérieur à l'action, avec un regard de scientifique, voire de policier, comme le suggère le vocabulaire juridico-légal qui ponctue la nouvelle (« preuves », « procès », « découvrir », « mystère », etc.). Ses expérimentations se veulent méthodiques pour lui permettre d'obtenir ce qu'il veut de ses sujets d'expérience, à savoir percer le mystère du genre humain et comprendre l'intériorité des individus.

Mais il se voit engagé dans l'expérience et devient vite médiateur, rôle qui correspond également à celui que l'on peut attribuer à Zweig dans le milieu de la culture. Les passagers le chargent de convaincre Monsieur B. d'affronter le champion ; c'est aussi lui qui signifie à Czentovic de revenir à la table de jeu, en faisant tinter le verre entre chaque coup joué.

Homme de parole et de société, il apparaît, dès le début de la nouvelle, s'entretenant avec un ami. Recevant la parole d'autrui (les rumeurs constituant le récit de la vie de Czentovic, les confidences de Monsieur B.), il en conçoit une forme de responsabilité qui le pousse à s'investir dans cette expérience qu'il n'entendait suivre que de l'extérieur. C'est pourquoi de passeur, il devient acteur à part entière en retenant Monsieur B. au bord du gouffre de la folie. L'empathie l'emporte finalement sur le besoin de satisfaire totalement sa curiosité quant à la véritable nature de son compatriote.

MONSIEUR B. : L'HOMME DE LA LUTTE

Monsieur B. est un avocat issu de la grande bourgeoisie viennoise qui n'hésite pas à se livrer au narrateur en une dense logorrhée verbale. Ainsi raconte-t-il au narrateur sa déchéance à la suite de la montée du nazisme, les conditions de sa captivité et sa schizophrénie. Les vicissitudes de sa vie ont fait prématurément vieillir son visage étroit et pâle.

Le Monsieur B. que rencontre le narrateur est un homme discret et effacé de nature, épuisé par les épreuves. Au début du récit de son emprisonnement, il apparaît comme un individu honnête, consciencieux et naïf (il ne voit pas l'avidité du commis qui le trahit). Sa captivité le révèle fidèle (il ne livre pas ses amis et clients), mais fragile.

Au fil de son incarcération, il fait montre d'agitation à mesure que sa détermination s'étiole.

Le vol du livre lui sera tout d'abord salutaire, car il lui rend sa force morale en lui offrant une occupation. Mais bientôt, le remède est pire que le poison et il sombre dans la folie obsessionnelle, jusqu'à la crise de violence qui le terrasse.

Sur le bateau, l'on constate que cette expérience l'a laissé anxieux et peu sûr de lui. Mais lorsqu'il joue, Monsieur B. se métamorphose : sa confiance en lui devient démesurée. Le jeu le fait plonger à nouveau dans la schizophrénie.

Victime annoncée (au début de la nouvelle, il s'est « réfugié » [p. 55] sur le pont, terme réservé aux proies et aux poursuivis), Monsieur B. bénéficie de la bienveillance de l'auteur et du narrateur, qui le caractérise positivement et loue ses qualités morales. Il est réactif et rapide, défini comme intelligent et cultivé lorsque le narrateur le trouve « lisant » (*ibid.*) sur une chaise longue.

MIRKO CZENTOVIC : L'HOMME À ABATTRE

Le portrait de Czentovic se construit en contrepoint de celui de Monsieur B. Fils de batelier, Mirko vient d'un petit village de Yougoslavie, pays créé après la Première Guerre mondiale. Taciturne et secret, le Yougoslave fait l'objet de rumeurs et voit sa vie racontée par des tiers, là où le Viennois se livre sans retenue. Physiquement, l'on retiendra surtout le large front du jeune Czentovic en comparaison au physique quelque peu fragile de son antagoniste.

Czentovic est régulièrement caractérisé négativement, à l'aide de termes privatifs comme « incapable » ou « impuissant », deux mots employés à plusieurs reprises dans les premières pages de la nouvelle. Le génie qu'il manifeste aux échecs surprend le curé qui l'a pris en charge et qui le considère comme un orphelin apathique. En effet, Czentovic est ignare, aussi lent physiquement que mentalement, a des difficultés d'apprentissage et de compréhension, lit durant la croisière un magazine illustré (genre longtemps méprisé dans l'histoire littéraire), et est tout à fait dépourvu d'imagination.

Il fait également preuve d'une obstination butée qui se manifeste pleinement dans son refus de jouer avant la fin des 10 minutes imparties. Le portrait que fait de lui l'ami du narrateur, tout autant que l'échange financier entre le champion et MacConnor, témoignent de son avidité et de sa mesquinerie.

Pourtant, le narrateur ne peut éviter de noter le génie et la force de Czentovic, le champion d'échecs. Calme, impassible, immobile, cet animal à « l'épiderme épais » (p. 43) semble dépourvu d'émotions, quand Monsieur B., passionné, hypersensible et nerveux, en est submergé.

Leurs positions de domination l'un par rapport à l'autre s'alternent, de même qu'ils sont tour à tour associés à l'ombre et à la lumière. Mais le plus souvent, Czentovic est rattaché au noir, par les pions qui lui échoient lors de la première partie, la couleur de son costume, ses paupières sombres, et par contraste avec Monsieur B., caractérisé par la blancheur de sa peau et de ses cheveux, notamment. Ce dernier fait vaciller le colosse des échecs, qui restera toutefois invaincu et aura le dernier mot – cruel – de la nouvelle.

MACCONNOR : UN ADJUVANT COMIQUE

Ingénieur écossais, MacConnor est un nouveau riche, orgueilleux et susceptible. Son physique imposant et trapu fait écho à son franc-parler. Rougeaud, carré et brutal, MacConnor est mauvais perdant. Il agit « sans réfléchir davantage » (p. 47). Sa caractérisation négative donne pourtant de lui l'image d'un clown qui fait autant sourire qu'il agace. De plus, reflet inversé du narrateur qui le manipule tout en étant épouvanté par les manières brutales de ce colosse qu'il met en mouvement, c'est souvent lui qui fait avancer le récit.

ANALYSE DES THÉMATIQUES

UNE NOUVELLE FONDÉE SUR LE PRINCIPE DU HUIS CLOS

Prenant place sur un bateau, avec des personnages enfermés dans leur monde intérieur et un héros ex-prisonnier politique, *Le Joueur d'échecs* est une nouvelle que l'on pourrait, à plus d'un sens, apparenter à un huis clos.

L'enfermement physique

Czentovic vient d'un lieu « à peine mentionné sur la carte » (p. 28), éloigné de tout et quasi légendaire. Sans les combats d'échecs, le jeune Mirko était destiné à rester prisonnier de son obscur village. Néanmoins, quelle meilleure image de l'isolement qu'un bateau flottant au milieu de l'océan ? De cet espace restreint composé du pont, des cabines privées, du fumoir et de la salle de restaurant, l'on ne peut s'échapper.

Ce resserrement de l'espace répond aux exigences de la nouvelle. Il fait disparaître le contexte au profit de l'obsession contagieuse des échecs, d'où une atmosphère anxiogène, qui trouve son paroxysme dans la chambre d'hôtel où Monsieur B est retenu prisonnier. En effet, c'est dans le récit de ce dernier que l'isotopie de l'enfermement et de la pression est la plus dense. Les gardes, désignés par « on » ou leurs « uniformes », sont des anonymes impersonnels qui condamnent le héros à la solitude totale. L'on notera qu'en excluant ceux-ci du cercle de l'humanité, Zweig condamne leurs actes, et non les hommes.

L'enfermement mental

L'isolement physique conduit immanquable-ment à une extrême solitude, puis à la folie, qui constitue l'enfermement ultime. Ainsi, la schizophrénie de Monsieur B. le rend prisonnier de ses propres pensées. Même une fois échappé de sa prison concrète, à l'approche de la crise et toujours traumatisé, il retombe dans ses travers obsessionnels et reproduit le nombre exact de pas qu'il faisait dans sa chambre d'hôtel :

La fuite physique est un échec : elle n'est pas salvatrice et s'avère totalement illusoire. En effet, *Le Joueur d'échecs* se veut être le texte de la solitude et de l'incommunicabilité.

Ainsi la nouvelle présente-t-elle peu de dialogues. Quand il ne s'agit pas de monologues, les échanges sont rapportés au style indirect. Par ailleurs, le dialogue que pourrait générer la partie d'échecs ne se produit pas entre les deux champions. Le silence et l'immobilité, dans lesquels Czentovic s'enferme, excluent les autres. Le lecteur n'a accès à ses pensées qu'en émettant des hypothèses.

Également exclus de la réalité par l'obsession qu'ils nourrissent (quand le système de référence du monde réel disparaît), les personnages se retrouvent enfermés dans leur intériorité. Monsieur B. et Czentovic parlent en effet un langage crypté, celui des échecs. Pour les autres, leurs parties sont « du chinois » (p. 47) : le génie des deux joueurs les isole donc du reste du groupe.

Enfin, aux échecs comme en amour, il faut un partenaire. Lorsque Monsieur B. abandonne à jamais l'idée de rejouer un jour aux échecs, ne veut-il pas dire par là qu'il renonce à essayer d'entrer en communication, en relation avec autrui ? De fait, il quitte le groupe, et quoiqu'il reste sur le même bateau, il disparaît de la communauté des hommes qui l'observaient et interagissaient avec lui.

L'abîme du vide

L'isotopie du néant se caractérise par une profondeur aussi abyssale que celle de l'inconscient. Qu'il s'agisse de l'absence d'intelligence chez Czentovic ou de l'absence de vie et de nouveauté dans le quotidien de prisonnier de Monsieur B., le vide est, paradoxalement, omniprésent. Monsieur B. avoue : « Mais de ce vide, ma mémoire ne retenait rien. » (p. 71) La « mémoire » qui, en psychologie, se veut le garant de l'unité de l'identité en liant les événements entre eux et en permettant de construire une histoire est ici coincée entre le « vide » et le « rien ». Il est dès lors inévitable pour Monsieur B. de sombrer dans la folie.

La nouvelle est structurée par des antagonismes. Au vide répond toujours un trop-plein. Ainsi, le questionnement (l'absence de certitude) de Monsieur B. se trouve contrebalancé par un trop-plein d'informations (sa mémoire encombrée de parties d'échecs retenues) et par la folie. Au vide auquel il a fait face dans sa cellule répond la profusion des pensées qui se bousculent dans sa tête. L'intelligence limitée et bornée de Czentovic fait écho, par opposition, à la richesse intellectuelle de Monsieur B. La vacuité affichée de Czentovic intrigue d'ailleurs le narrateur : excepté de lui-même, de quoi le champion est-il plein ? Miroirs inversés l'un de l'autre, Monsieur B. et Czentovic témoignent donc d'une esthétique de l'entre-deux, entre génie et imbécillité, folie et sagesse.

Sa schizophrénie fait de Monsieur B. un « *sonderling* » ou « *kauz* » (Thieberger (Richard), *Le genre de la nouvelle dans la littérature allemande*, Paris, Minard, 1968), figure classique des nouvelles allemandes, être étrange, marginal, incompris et souvent malheureux. Sans que Zweig n'illustre les théories de Freud, l'influence de ce dernier se fait sentir à travers l'évocation du « moi » (entité fondamentale de la personnalité qui en assure l'équilibre), du « surmoi » (puissance morale à l'origine de l'intériorisation des interdits), du « ça » (entité pulsionnelle et instinctive) et des pulsions suscitées par le « ça ».

Crise de l'identité : moi est-il un autre ?

Dès qu'il le peut, le « je » du narrateur se dissimule derrière le « nous » ou le « on », ce qui lui permet de se mettre à l'abri des dangers de l'action. Au contraire, chez Monsieur B., le « je » s'affirme d'autant plus qu'il cherche à reconquérir son unité.

Les éléments biographiques dans la nouvelle concourent, en outre, à une confusion identitaire entre le narrateur et l'auteur. Viennois voyageur, cultivé, empathique, plutôt fortuné : ces particularités correspondent tout autant à Zweig qu'au narrateur ou à Monsieur B. Cela constitue un pacte de lecture qui s'inscrit dans la lignée des romans du XVIIIe siècle, où la fiction est présentée comme une anecdote relative à la vie de l'écrivain.

De même que le « moi » se sert du « ça », en psychologie, comme pulsion agissante, le narrateur emploie MacConnor pour prendre en charge des propos ou actions qu'il ne veut assumer. De façon similaire, le deuxième « moi » de Monsieur B. est un « ça » violent et primitif qui lui permet de s'en prendre physiquement à ses bourreaux.

Fin stratège qui sait tout des personnages ou presque, le narrateur est aussi bien personnage passif qu'instigateur de l'intrigue : il va jusqu'à manipuler les autres protagonistes, tel MacConnor. C'est pourquoi le « je » du narrateur est à la fois celui d'un spectateur et d'un acteur.

Le thème du dédoublement dans l'œuvre

La maladie de Monsieur B. détruit son unité psychique, au point qu'il subit un véritable dédoublement de la personnalité. Ce dédoublement se traduit par une évolution des pronoms personnels utilisés par Monsieur B. pour parler de lui-même, du « je » au « tu », puis au « nous ». Il devient en quelque sorte son propre ennemi : à la page 66, ses propres interrogations et celles de ses bourreaux se confondent. Dès lors, la folie abolit les frontières entre le « moi » et autrui.

Plongé dans le néant, Monsieur B. tente de trouver un compagnon dans le livre d'échecs qu'il a subtilisé et qu'il personnifie en une « précieuse compagnie » (p. 77). Mais cet autre est un mirage, un poison : Monsieur B. crée alors un autre « moi », qui devient même « tu » (p. 76). Face au vide (celui de sa chambre ou, plus tard, la lenteur et le silence de Czentovic), il se réfugie dans une relation avec lui-même, divisé entre « cerveau blanc » et « cerveau noir », comme s'il était habité par deux adversaires de jeu d'échecs.

Les répercussions corporelles qu'engendre la schizophrénie chez Monsieur B. illustrent également le dédoublement dont il fait l'objet. Le personnage n'est plus maître de lui-même et perd toute emprise sur son corps. Ses nerfs lâchent, puis il bégaie. Le langage lui échappe, dernier vestige de son humanité. Il est pris de fièvre, de tremblements, de tics, de soif. La monomanie devient une expérience des limites, tant du corps que de l'âme.

Tout lien avec la réalité lui étant refusé, Monsieur B. se retrouve prisonnier... d'un livre. Il devient alors définitivement un personnage fantastique, un « étranger » (p. 50), un « inconnu » (p. 47), un « ange » (p. 46), qui accomplit un « miracle » (p. 46), comme par « magie » (p. 47). Dans le passage où il parle de sa folie à son acmé, l'on note une gradation de sa folie, traduite par la modification des pronoms personnels pour désigner Monsieur B. : le « je » de Monsieur B. devient un « nous » (p. 65), il ne s'appartient plus.

Une conscience de soi et du monde profondément altérée

Signe majeur de la folie, le temps du récit et le temps de l'action se déconnectent. Les confidences de Monsieur B., censées durer une demi-heure selon son estimation, prennent finalement deux heures. La perception du temps est altérée. De la même façon, Monsieur B. prend bien plus de temps à relater son enfermement, pendant lequel il ne se passe pourtant rien du tout, qu'à relater des actions plus longues ou plus riches en événements.

C'est que tout perd de son sens, tant pour Monsieur B. que, probablement, pour Zweig, dans le contexte de la Seconde Guerre mondiale. Mais comment dire l'indicible qui échappe au sens ? L'angoisse de Monsieur B. devant ce défi est palpable : « Quatre mois, c'est vite écrit et c'est vite dit. [...] Comment exprimer [...] une vie qui s'écoule hors de l'espace et du temps ? » (p. 71)

La structure en enchâssement du texte, les récits de la vie de Czentovic et Monsieur B. étant encadrés par la narration principale, mime un enfermement circulaire, identique à celui qui fait naître la maladie schizophrénique. Le texte s'enroule sur lui-même de répétition en répétition. Les mêmes termes sont réemployés jusqu'à la nausée. Dans sa cellule, le regard de Monsieur B. ne peut se poser que sur un mobilier toujours identique et sur une pièce dont la configuration demeure toujours la même, si bien que ses pensées « tournent sur elles-mêmes dans une ronde folle » (p. 65), tandis qu'il fait les cent pas. La conscience de soi est si exacerbée et dévorante qu'elle en devient insupportable et étouffante.

Par ailleurs, la récurrence de termes comme « involontairement » (p. 50), « un hasard malheureux » (p. 60), « par bonheur » (p. 61), « grâce au ciel » (p. 82), « heureusement » (p. 76) indique que les personnages sont soumis au hasard, privés de leur capacité d'action. Saisis par la surprise, possédés par la curiosité ou le jeu, captivés par une scène, ils sont hypnotisés, tel Monsieur B. fixant le vide de l'échiquier, les mouvements d'une plume ou d'une goutte : « Je fixais, hypnotisé, la plume du greffier. » (p. 72)

LA PASSION

Entre désir et mort, la passion est une émotion intense et exclusive dominant la volonté de celui qui l'éprouve. La relation de Monsieur B. aux échecs est devenue passionnelle. En l'absence de partenaire, l'onanisme cérébral auquel il est contraint le pousse à la folie.

Les autres personnages ne sont pas épargnés :

- MacConnor s'emporte facilement ;
- toutes les relations de Czentovic passent par le prisme des échecs. S'il ne témoigne pas d'émotion, il est du moins obsédé par le jeu de façon maniaque ;
- quant aux spectateurs des parties, ils sont happés de façon contagieuse par la passion du jeu.

Conséquemment, le lyrisme (l'expression exaltée des sentiments) a toute sa place dans la nouvelle. Tous les topos en sont présents : les répétitions, les hyperboles, le vocabulaire affectif et, surtout, le champ lexical du feu, de l'agitation. Celui de l'inouï est représentatif à la fois du genre de la nouvelle et de la passion : « palpitant », « sensationnel », « incroyable », tous les synonymes sont exploités. Le langage de Monsieur B. se fait hyperbolique, voire oxymorique (« La joie que j'avais à jouer était devenue un désir violent, le désir une contrainte, une manie, une fureur frénétique », p. 76-77) lorsqu'il ressent de violentes émotions contraires. Sa souffrance touche au pathétique, manifeste dans le vocabulaire propre à ce registre, tel que « hélas ! » (p. 59).

Véritable héros d'une nouvelle testamentaire, le jeu d'échecs illustre les bouleversements profonds d'une époque troublée par la guerre.

Les échecs sont-ils une science ?

Reposant sur un procédé de mise en abyme, *Le Joueur d'échecs* constitue presque un manuel théorique des échecs à l'égard du néophyte.

Le narrateur en présente les aspects positifs et négatifs en s'appuyant sur des adverbes d'opposition. Jeu de rois et roi des jeux, les échecs soumettent d'une part à la tyrannie celui qui se laisse dominer par la passion du jeu ; mais, d'autre part, ils constituent aussi un divertissement gratuit, qui libère et détend l'esprit.

À la fois vains et sacrés (d'où la référence à l'élévation de Mahomet [prophète de l'islam, vers 570-632] à la page 27, image issue du Coran, employée pour comparer l'ascension divine et miraculeuse du prophète vers les cieux à l'élévation de l'âme provoquée par ce jeu), les échecs sont rigides dans leurs règles, mais flexibles dans l'infini de leurs combinaisons. Exigent-ils plus de logique ou d'imagination ? L'antagonisme inhérent au jeu se retrouve dans l'affrontement entre Czentovic, sa logique et froide technique, et l'imaginatif Monsieur B.

Le jeu, moteur de métamorphoses

Le jeu d'échecs motive des transformations radicales chez les personnages. Ainsi, tout au long de la nouvelle, les positions et rapports de domination ne cessent de s'inverser.

- La timidité du jeune Mirko (« Le garçon leva timidement la tête », p. 17) se transforme en suffisance, quand les passagers, face au champion, font figure de « timides écoliers » (p. 40).
- La pâleur de Monsieur B. se transmet à Czentovic lorsque ce dernier perd.
- À l'hôtel, les gardes sont déshumanisés quand le livre est, à l'inverse, personnifié.
- Aux échecs, même les gens les plus aimables et policés entrent dans une spirale d'agressivité, manifestant arrogance, excitation et orgueil. Ainsi, le public des parties d'échecs, dont le narrateur, se laisse entraîner par l'excitation de MacConnor : « Paisibles et indolents

passagers que nous étions jusque-là, nous fûmes saisis soudain d'une humeur sauvage et batailleuse. » (p. 54) Chez les spectateurs du navire, l'intérêt devient donc excitation, puis fascination, et enfin, agressivité ou exultation.

Dominés par la passion, les hommes deviennent également des bêtes. À la comparaison de Czentovic à « l'âne de Balaam » (p. 17), animal biblique présent dans *Le Livre des nombres* (quatrième livre de la Bible), fait écho celle qui l'associe à un « cheval » (p. 50) sauvage, face aux passagers du bateau. De son côté, Monsieur B. est un félin guettant sa proie, « un chat qui va sauter » (p. 105), position qui ne tardera pas à s'inverser. Quant à MacConnor, il possède le physique, la force et l'attitude d'un taureau, tandis que le groupe de spectateurs, dans sa fureur, est assimilé à un groupement de bêtes d'une « humeur sauvage » (p. 54).

Le jeu d'échecs symbolise également un troisième bouleversement, celui de l'ordre établi des classes sociales. La guerre a tout rendu possible. Czentovic, villageois inculte supervisé par le clergé et le pouvoir militaire, fait face à Monsieur B., intellectuel bourgeois, et le vainc.

Le pouvoir de l'élite intellectuelle et économique est par conséquent remis en question. La classe émergente, représentée par MacConnor, Czentovic ou le commis, mime quant à elle la bonne société et s'habille élégamment. Elle prend la place d'une classe moyenne bourgeoise trop convenable pour agir, qui doit leur laisser le dernier mot, comme le narrateur à Czentovic à la fin de la nouvelle.

En effet, la classe moyenne est empêtrée dans des règles de convenance inamovibles, empêchant tout changement, toute souplesse, toute « volonté de puissance », pour reprendre un terme de Nietzsche (philosophe allemand, 1844-1900). À l'inverse, cette nouvelle classe montante est sauvage, indisciplinée, tout sauf civilisée, mais elle a un grand pouvoir d'action, car rien ne la gêne, elle ne fait pas « société » : au contraire, elle la brise pour obtenir ce qu'elle veut.

La symbolique du jeu d'échecs

D'un jeu de table, les échecs deviennent un terrain d'action digne d'un roman d'aventures. Ainsi Monsieur B. accomplit-il l'impossible, tel un héros romanesque : voler le manuel, jouer aux échecs contre lui-même et battre Czentovic, dans un premier temps.

Le champion d'échecs et Monsieur B. sont comparés à des généraux ou des hommes politiques. Le vocabulaire militaire ainsi que l'ambiance d'urgence des chuchotements pressés de Monsieur B. suggèrent une action risquée. Alors valorisé, Monsieur B. ne représenterait-il pas l'homme d'action que l'auteur aurait peut-être voulu être davantage ?

Selon Yves Iehl, la nouvelle montre « la lutte courageuse de l'intelligence, et de l'imagination, attributs de l'ancien monde, contre la logique implacable et bornée de la barbarie moderne, la froide violence du nazisme » (Iehl (Yves), « Dernières nouvelles de Vienne », in *Le Magazine littéraire*, numéro spécial Stefan Zweig, n° 531, mai 2013, p. 58). De fait, la nouvelle est, comme le dit Monsieur B., une « illustration de la charmante époque dans laquelle nous vivons » (p. 56), qui relate l'inflation autrichienne et l'arrivée progressive du nazisme jusqu'à l'*Anschluss*.

Les échecs sont également comparés à un art, et les joueurs, à des musiciens ou à des chefs d'orchestre. Déçu de la réalité, Monsieur B. invente de nouvelles parties, comme un écrivain recrée un monde. Quand le narrateur s'interroge sur l'inutilité du jeu (p. 27), ne peut-on y voir une remise en cause de l'art pour l'art, courant en vogue dans le Vienne des années 1930-1940 ?

D'après sa correspondance, Zweig s'interroge effectivement sur son rôle d'écrivain, son rôle d'Européen promoteur de culture, dont la guerre le fait désespérer de l'utilité : « La France perdue, réduite en ruine pour des siècles, le pays le plus adorable d'Europe – pour qui écrire, pour quoi vivre. » (NIÉMETZ (Serge), *Stefan Zweig – Le Voyageur et ses mondes*, Paris, Belfond, 1996, p. 505) D'ailleurs, Jacques Le Rider relate qu'en septembre 1939, Zweig « a le sentiment accablant [...] que sa tâche la plus intime, à laquelle il avait consacré pendant quarante ans toute la force de sa conviction, la fédération pacifique de l'Europe, est anéantie » (LE RIDER (Jacques), « L'Europe, sa ferveur puis son tourment », in *Le Magazine littéraire*, numéro spécial Stefan Zweig, n° 531, mai 2013, p. 93).

Les mots peuvent-ils apporter liberté et lumière ? Le manuel qui « éblouit » Monsieur B.

est composé de mots bien « alignés » : ainsi pourrait-il redonner sens au monde. Et lorsqu'il se confie au narrateur, le personnage, « étendu sur [une] chaise longue » (p. 55), n'espère-t-il pas être libéré par son acte de parole comme en psychanalyse ? Mais il admet lui-même les limites du langage face à l'incommunicabilité de la folie : « je ne saurai dire », « comment dire », répète-t-il. Et malgré la catharsis effectuée, il rechute. Le langage se retrouve impuissant à communiquer la folie et le monde, ce qui rend caducs la notion d'écriture et le métier d'écrivain.

Le Joueur d'échecs est la dernière tentative de Zweig pour comprendre et expliquer un monde qui lui échappe. Les doutes de Monsieur B. et la description des échecs par un narrateur tour à tour admiratif, impuissant et méprisant, reflètent probablement le ressenti de l'auteur sur l'incapacité de la littérature à défendre les valeurs d'humanisme qui lui sont chères.

STYLE ET ÉCRITURE

Le Joueur d'échecs est représentatif du style de Zweig, mais fait aussi figure d'exception à certains égards, dans la mesure où il s'agit de la dernière fiction écrite par l'auteur. L'écrivain est universellement loué pour son style concis, élégant, vif, et pour l'angle psychanalytique qu'il donne à ses œuvres. Qu'il s'agisse de ses biographies, de ses nouvelles, de ses essais ou de ses pièces de théâtre, la dimension psychologique est, en effet, toujours présente. C'est l'humain qui intéresse Stefan Zweig, grand admirateur de Freud. La critique encense sa capacité à capter en un geste, un mot, la profondeur d'une angoisse, les ressorts d'un trouble, l'infinie complexité d'un esprit agité de passions.

Amoureux des vaincus, empathique pour tous ses personnages (à l'exception notoire et peu commune de Czentovic dans *Le Joueur d'échecs*), l'homme, ainsi que ses valeurs humanistes de compassion et d'espoir, transparaissent dans son écriture. Zweig estime qu'il faut offrir au public des textes portant l'espérance d'un monde meilleur. Néanmoins, *Le Joueur d'échecs* ne respecte pas cette intention littéraire autant que ses autres œuvres, sans doute parce qu'à 60 ans, l'auteur est au bout de ses forces pour lutter contre son abattement face au contexte de guerre. Raison pour laquelle, quelques jours après avoir fini la rédaction de sa nouvelle, il se donne la mort.

UN STYLE INFLUENCÉ PAR LE GENRE DE LA NOUVELLE

L'esthétique du court

La nouvelle se définit par une unité de lieu et d'action, elle se déroule en un temps court et présente peu de personnages. Elle implique donc un style incisif, vif, une action rapide, sans pause ou presque, elle ne s'embarrasse pas de descriptions détaillées du contexte. Le style de Zweig est fait pour cette esthétique du court.

Le récit s'inscrit dans une temporalité de l'instant, fait appel à des ellipses temporelles (surtout dans le discours de Monsieur B.). Cela explique aussi les raccourcis de la narration, comme l'intervention d'un médecin tombé du ciel pour sauver Monsieur B., qui sont courants lorsque l'auteur souhaite tirer un personnage d'une situation inextricable afin de l'amener sur le terrain de l'action principale.

Le suspens

Autre caractéristique de la nouvelle, excellemment maîtrisée par Zweig, le suspens doit être maintenu tout au long du texte. Il n'est donc pas étonnant que le texte prenne parfois des accents de roman policier, avec un narrateur qui se fait enquêteur et tend des pièges aux personnages.

Il faut constamment relancer l'intérêt du lecteur : Zweig s'y emploie en insistant régulièrement sur l'aspect surprenant de l'action. Les questions rhétoriques et la mise en exergue du caractère inédit des événements permettent d'engendrer, par contagion, la surprise du lecteur.

Le problème du nouvelliste : trouver l'équilibre entre le réalisme et l'inouï

Entretenir la surprise, en maintenant la dimension extraordinaire de l'action à son maximum, fait parfois pencher la nouvelle vers le fantastique. Et de fait, *Le Joueur d'échecs* présente des aspects fantastiques. Les personnages viennent presque de nulle part : Czentovic débarque d'un village qui existe à peine, tandis que Monsieur B. apparaît ou disparaît comme une créature mythique ou un ange, et semble agir par « magie » (p. 47). La résolution des drames de façon peu réaliste, avec un médecin providentiel, ainsi que la mise en scène de situations dues à de très nombreux hasards ont fini de faire tendre ce récit vers l'inexplicable, le mystérieux.

Le contexte nocturne contribue également à cette atmosphère de conte et de légende, chère à Zweig. C'est « à minuit » (p. 9) que le bateau quitte le port. Le récit prend place dans la pénombre, sur un navire voguant dans l'immensité de l'océan. Cette obscurité peut aussi préfigurer celle dans laquelle avance le narrateur pour comprendre les autres personnages et les impénétrables mystères du fonctionnement de leur âme.

Mais il faut garder à l'esprit qu'il s'agit d'un fantastique d'apparence : tout doit pouvoir s'expliquer, et la nouvelle reste attachée à un réalisme strict.

- Ainsi, la confusion entre le narrateur et l'auteur tend à induire une interprétation réaliste du récit comme anecdote biographique. Zweig s'inscrit par là même dans l'héritage des romans épistolaires du XVIIIe siècle.
- Par la suite, le réalisme est préservé par le recours à des sources extérieures, à l'instar des dates qui encadrent les récits de vie. Ainsi, les premières informations sur Czentovic sont rapportées par un tiers, qui lui-même tire ses informations de journaux.
- Le récit de Monsieur B. est ponctué de références à des événements historiques datés, tels que l'arrivée à Vienne des troupes nazies.
- Les longues prises de parole, qui pourraient passer pour des monologues, sont ponctuées de marqueurs du dialogue, rappelant ainsi qu'il s'agit d'un échange oral malgré des apparences trompeuses.
- Le narrateur comme Monsieur B. surexploitent la concession (« il est vrai que ») et ses dérivés : cette honnêteté, qui peut sembler surfaite, contribue au réalisme du récit et vise à certifier la véracité des faits relatés.

LA CURIOSITÉ : ÉLÉMENT STRUCTURANT DU STYLE DE ZWEIG

Lionel Richard résume parfaitement la place de la curiosité dans l'œuvre de Zweig : elle est « la base sur laquelle toute nouvelle doit être construite. Curiosité de l'écrivain, qui dévoile, à son usage autant qu'à celui de ses lecteurs, ce qui était resté caché, mais aussi curiosité en action chez certains des personnages qu'il présente. Bref, la curiosité comme objet d'un jeu esthétique et intellectuel » (RICHARD (Lionel), « Le démon de la curiosité », in *Europe*, n° 794-795, juin-juillet 1995, p. 35).

Dans *Le Joueur d'échecs*, elle est effectivement ce qui, constamment, lance et relance l'action.

- La curiosité maladive du narrateur (qui veut comprendre qui est Czentovic) : elle enclenche l'intrigue.
- La curiosité qui pousse le curé à présenter le jeune et prodigieux Mirko à d'autres joueurs afin de constater ce dont il est capable.
- La curiosité de Monsieur B. au sujet de sa propre pratique des échecs.

- La curiosité des passagers à l'égard du champion d'échecs.

Or, pour qu'il y ait curiosité, il faut du mystère. Zweig procède donc à un travail d'occultation. Le secret est un thème récurrent dans l'ensemble de son œuvre, et se retrouve naturellement dans *Le Joueur d'échecs*. Les activités professionnelles de Monsieur B., et jusqu'à son nom, sont entourés de mystère et de nombreuses précautions pour les préserver. Le personnage de Czentovic est secret en soi, tandis que la mécanique profonde de la psychologie complexe de Monsieur B. ne sera jamais tout à fait éclairée.

LA FINESSE DE L'ANALYSE PSYCHOLOGIQUE

Le récit enchâssé et ses effets

Le récit enchâssé, c'est-à-dire l'encadrement d'un ou plusieurs récits dans un ou plusieurs autres, est un procédé apprécié de Zweig. Dans *Le Joueur d'échecs*, les récits de la vie de Czentovic et de Monsieur B. constituent des pauses au sein du récit-cadre, celui où se déroule l'intrigue principale. Ces deux récits sont construits en parallèle l'un de l'autre. Celui de Czentovic est un condensé de rumeurs, à l'opposé de celui de Monsieur B., relaté au style direct par le personnage lui-même.

La polyphonie qui résulte de cette structure participe de la dimension théâtrale de la nouvelle, un élément également typique du style de Zweig. Ces parenthèses constituent des pauses dans le récit principal qui ménagent le suspens. Cette structure est surtout révélatrice de l'approche freudienne du mécanisme des rêves : les récits s'imbriquent les uns dans les autres, de même que nos rêves se composent de plusieurs histoires dérivant les unes des autres.

Selon Freud, la vérité ne peut être atteinte que de façon indirecte : la dérivation des récits est donc le meilleur moyen de contourner les instances critiques intériorisées, nous empêchant de voir des vérités parfois inconfortables. Zweig articule la nouvelle de façon similaire. Les images de « profondeur vertigineuse » (p. 64) qui se trouvent dans le récit de Monsieur B. confirment cette dimension psychanalytique du récit, dans la mesure où la psychanalyse vise, entre autres, à explorer les profondeurs de l'inconscient et à exposer sa véritable nature. Enfin, dans *Le Joueur d'échecs*, la symétrie des deux récits enchâssés fait sens avec l'esthétique d'un antagonisme entre noir et blanc.

L'intériorité des personnages et la folie finement détaillées

Constante de l'écriture zweigienne, l'analyse de la psychologie des personnages est le fil directeur de la nouvelle. C'est d'abord l'intériorité de Czentovic qui intrigue le narrateur. Le piège mis en place par ce dernier pour mettre en lumière le fonctionnement mental de ce jeune phénomène attire d'autres spécimens, amateurs d'échecs, qui se révèlent tout aussi dignes d'étude, si ce n'est plus.

La folie est un thème récurrent de l'œuvre de Zweig, mais dans *Le Joueur d'échecs*, son analyse est poussée particulièrement loin, allant jusqu'au diagnostic officiel (ici, la schizophrénie). S'il ne nous est pas donné de savoir quelles sont les racines profondes de la maladie, le contexte présidant à son déclenchement nous est longuement détaillé. Ses manifestations, surtout, sont explorées de façon exhaustive. Il y a très peu de véritables actions dans la nouvelle, tout au plus quelques parties d'un jeu de table et le vol d'un livre. Mais ce qui fait son intérêt est l'action psychologique, celle qui se place dans l'abstrait de l'esprit agité par une folle obsession. C'est le thème du *daïmôn*, la pulsion démoniaque qui possède celui qui en est pris, autre thème fétiche de Zweig.

LE REGISTRE DRAMATIQUE

Il parcourt toute la nouvelle. Les figures d'antagonisme structurant le récit, le lyrisme, l'impuissance face au hasard ou à un échec annoncé, tout cela fait du *Joueur d'échecs* une œuvre puissamment dramatique, qui se prête donc tout naturellement à la mise en scène théâtrale.

Pathétisme et lyrisme

Zweig écrit les excès de l'humain. Il explore les limites, cet espace de tensions où l'individu bascule aux marges de la société. Rien de plus logique, alors, que le lyrisme, voire le pathétique, soient les registres privilégiés de son écriture. C'est en partie ce qui explique son succès. Quoique l'on ait pu le lui reprocher, c'est aussi cette caractéristique qui lui permet de toucher le grand public. Si d'ordinaire, ce sont plutôt les affres de la passion amoureuse que l'auteur investit, l'absence de romance dans *Le Joueur d'échecs* ne réduit pas l'intensité lyrique du texte, pas moins qu'elle ne réduit son intensité dramatique.

Théâtralité de l'œuvre

Rappelons-nous que Zweig est aussi auteur de théâtre. Ainsi, dans le récit de Monsieur B., l'écrivain ménage des moments de tension dramatique. Les derniers documents compromettants sont envoyés *in extremis*. Le regard du narrateur s'approche des scènes et des gens comme une caméra zoomant et reculant lentement. Décors minimalistes, espace unique, lyrisme des prises de parole, dimension tragique de la chute, tout appelle à une mise en scène sur les planches.

L'intensité dramatique monte de façon progressive et théâtrale. Le comportement provocateur d'un MacConnor haut en couleur « épouvante » (p. 43) le narrateur : on sent venir le drame. MacConnor se dévoile, oubliant qu'il est censé être un « gentleman bien élevé » (*ibid.*), les masques commencent à tomber. Il sera en effet suivi, dans cette mise à nu, par Monsieur B., qui se révélera toutefois de façon plus intime, en tête-à-tête avec le narrateur.

Les déplacements des personnages, l'accent qui est mis sur leur entrée en scène, leurs prises de parole, font l'objet d'une certaine mise en scène. Ainsi, les apparitions de Czentovic et de Monsieur B. dans le récit sont des plus théâtrales, dans tous les sens du terme. La présence du champion est signalée par « deux ou trois éclairs » (p. 9). Ces flashes d'appareil photo illuminant soudain Czentovic ne sont pas sans similitudes avec l'arrivée de Monsieur B. À la fin de sa première intervention aux échecs, tous les regards se tournent vers lui, le plaçant comme sous des projecteurs. Il arrive au « moment critique » (p. 50), tel un « ange providentiel » (*ibid.*), de la même façon que le médecin le sauve de sa prison. Dans les deux cas, c'est une arrivée semblable à celle d'un *deus ex machina*.

Le contexte historique

La forte présence du contexte historique contemporain de l'auteur est un point original du *Joueur d'échecs*. Rares sont les nouvelles où

Zweig situe aussi précisément les personnages dans son époque, rares sont les textes de son œuvre évoquant la guerre aussi précisément et de façon aussi marquée. Le chaos de la guerre et les tragédies qui lui sont inhérentes rendent le registre dramatique d'autant plus nécessaire et évident. La chute des valeurs humanistes, que déplore Zweig dans sa correspondance, trouve son illustration dans la nouvelle et en rend le drame plus poignant et émouvant encore.

LA RÉCEPTION DU *JOUEUR D'ÉCHECS*

UN SUCCÈS IMMÉDIAT

Le Joueur d'échecs est la dernière œuvre de fiction de Stefan Zweig. Elle tient par son statut de nouvelle testament une place particulière dans la bibliographie de l'auteur. En partie pour cette raison, elle est l'ouvrage de Zweig dont le succès est le plus durable et international. *Le Joueur d'échecs* paraît donc de façon posthume en 1943 à Stockholm en édition originale, puis en 1944 chez Delachaux et Niestlé pour la version française. Il faudra attendre 1957 pour qu'elle soit publiée en Allemagne.

Les textes les plus connus de Zweig sont tirés à plus de 150 000 exemplaires, à une époque où l'édition est pourtant très prudente. C'est le cas du *Joueur d'échecs*, qui sera, de plus, traduit dans une soixantaine de langues, là où ses autres textes sont traduits dans une dizaine de langues.

Dès sa parution, l'œuvre est bien accueillie à la fois par la critique et par le public. Il faut dire qu'il existe alors un goût prononcé pour les nouvelles. Les avancées dans le domaine de la psychologie, avec Freud, en font en outre un thème très apprécié. Zweig répond donc à la perfection aux attentes de son temps.

LA CRITIQUE

C'est précisément cette tendance de Zweig au conformisme à la mode qui lui vaut le plus de reproches. Il apparaît notamment dans la critique des intellectuels de gauche comme un « tiède » dans ses positions antifascistes, parce qu'il refuse de s'engager politiquement, de prendre parti de façon radicale. On lui reproche aussi un certain goût du grotesque, qui le pousse à exagérer la caractérisation de ses personnages, à trop jouer des extrêmes. Les mêmes lui font aussi grief de sa vie aisée de privilégié. Il est vrai que Stefan Zweig aurait pu vivre de son succès littéraire, mais il n'en a pas eu besoin grâce à sa famille fortunée.

Toutefois, la critique est de faible ampleur, Zweig n'étant pas un auteur qui fait polémique. Outre quelques voix dissonantes, le retour du milieu littéraire sur son œuvre est positif. *Le Joueur d'échecs* est d'autant mieux accueilli qu'il est sa dernière nouvelle et synthétise tout l'art du récit de l'écrivain.

UNE ŒUVRE INTEMPORELLE ET UNIVERSELLE

Jamais démodé, sans être d'avant-garde, Zweig se place, comme ses narrateurs, dans « l'entre-deux » ou dans les « marges » de la scène littéraire. Il vise un lectorat moyen, sans élitisme, au moyen d'une écriture simple, directe, employant un lyrisme qui emporte le lecteur dans un élan haletant. Ses nouvelles pourraient avoir lieu n'importe où, n'importe quand… En cela, *Le Joueur d'échecs* fait figure d'exception par son ancrage dans une époque précise. Pourtant, cela n'empêche pas les lecteurs contemporains de se projeter aisément dans l'œuvre et de l'apprécier. Si l'Histoire est présente, l'intrigue n'est pas « datée » : plus que le récit de la dictature nazie, cette nouvelle se veut le récit de la tyrannie.

De plus, comme le souligne Dominique Bona, « la concision, la rapidité, sont des vertus qui plaisent aujourd'hui, où plus personne n'a le temps de rien » (BONA (Dominique), *Stefan Zweig*, Paris, Grasset, 2010, p. 11). Le lecteur contemporain aura donc tendance à apprécier le format court du *Joueur d'échecs*.

Enfin, ce texte n'a pas de patrie. Les personnages sont des immigrés aux origines diverses (Écosse, Autriche, Yougoslavie), voyageant dans l'espace international de l'océan Atlantique, entre New York et Buenos Aires. N'importe quel lecteur, quels que soient sa nationalité, sa langue ou son âge, peut donc s'identifier aux protagonistes de ce récit.

UNE ŒUVRE DESTINÉE À UN PUBLIC LARGE

La continuité du succès du *Joueur d'échecs* s'explique donc essentiellement par un style simple et rapide, destiné à être accessible au plus grand nombre, par une carrière bien intégrée dans le monde de l'édition, par le caractère testamentaire et par la capacité de l'auteur à peindre les ressorts surprenants de la psychologie. Zweig l'a bien compris, rien n'intéresse tant l'homme que de comprendre le fonctionnement de son âme. À ce titre, *Le Joueur d'échecs* est exemplaire.

Cette nouvelle a également la caractéristique de synthétiser un maximum de particularités du style de Zweig. L'aspect le plus remarquable est peut-être l'explosion de la position identitaire du narrateur, se confondant de façon assumée avec l'auteur. On pourrait presque dire que lire *Le Joueur d'échecs*, c'est lire toute l'œuvre de Zweig.

POSTÉRITÉ ET ADAPTATIONS

Il n'est donc pas surprenant que cette nouvelle ait fait l'objet de plusieurs adaptations, rééditions et traductions dans différents domaines dans le monde, et même aujourd'hui encore. Surtout, la dimension dramatique du texte le destine à une seconde vie au théâtre.

- En France, en 2014, Éric-Emmanuel Schmitt (écrivain français, né en 1960) mêle la vie de Zweig et l'intrigue du *Joueur d'échecs* dans une adaptation libre de la nouvelle, mise en scène par Steve Suissa (producteur, réalisateur, metteur en scène et acteur français, né en 1970). L'interprétation de Monsieur B. par Francis Huster (acteur français, né en 1947) y est saluée par la critique.

- André Salzet (acteur français, né en 1957) propose une version plus fidèle du texte, mise en scène par Yves Kerboul (acteur et metteur en scène français) en 1996, et encore présente sur les planches en 2015.
- Claude Mann (acteur, chanteur et metteur en scène français, né en 1940) s'attaque également au *Joueur d'échecs* avec Sissia Buggy (actrice et metteuse en scène française) pour la mise en scène. La pièce, toujours à l'affiche du théâtre du Marais (Paris) en mars 2017, a été représentée plus de 1 400 fois.
- Du côté des Anglo-saxons, la troupe de la *Rhum and Clay Theatre Company* présente son adaptation *64 Squares* au festival Fringe d'Édimbourg (Écosse) en 2015.

Mais *Le Joueur d'échecs* inspire aussi d'autres univers artistiques, ce qui semble en faire une œuvre caméléon par excellence.

- En Allemagne, Gerd Oswald (réalisateur américain, 1919-1989) dirige l'adaptation cinématographique de la nouvelle en 1960.
- En Italie, Paolo Maurensig (écrivain italien, né en 1943), qui a lu en profondeur l'œuvre de Zweig, semble s'être inspiré du *Joueur d'échecs* pour son roman *La Variante di Lüneburg*, publié en 1993 aux éditions Adelphi.
- Aux États-Unis, dans le Missouri, le compositeur et chef d'orchestre espagnol Cristóbal Halffter (né en 1930) compose un opéra, sur un livret de Wolfgang Haendeler (dramaturge, producteur et librettiste allemand, né en 1962) se basant sur la nouvelle, à l'affiche du Kiel Opera House en mai 2013.
- Enfin, en octobre 2015, Thomas Humeau (dessinateur français, né en 1987) transpose l'intrigue en bande dessinée, publiée aux éditions Sarbacane.

Votre avis nous intéresse !
Laissez un commentaire sur le site de votre
librairie en ligne et partagez vos coups de cœur sur
les réseaux sociaux !

BIBLIOGRAPHIE

SOURCES BIBLIOGRAPHIQUES

- BATTISTON (Régine), « L'élitisme de Stefan Zweig », in *germanica.revues.org*, n° 49, 2011, consulté le 26 avril 2017. https://germanica.revues.org/1373

- BONA (Dominique), *Stefan Zweig*, Paris, Grasset, 2010.

- DESHUSSES (Pierre), « Révolutionnaire de cœur », in *brederechas2017.blogspot.be*, 24 avril 2017, consulté le 30 novembre 2017. http://bredechas2017.blogspot.be/2017/04/170421-hors-serie-le-monde-stefan-zweig.html

- DURAND (André), « *Le Joueur d'échecs*, nouvelle de Stefan Zweig », in *comptoirlitteraire.com*, consulté le 18 février 2017. http://webcache.googleusercontent.com/search?q=-cache:HLX4bdGNMDEJ:www.comptoirlitteraire.com/docs/40-zweig-stefan-le-joueur-d-echecs-.doc+&cd=1&hl=en&ct=clnk&gl=fr

- FELMAN (Shoshana), *La Folie et la Chose littéraire*, Paris, Seuil, 1978.

- GEPNER (Corinna), *Stefan Zweig – Le Joueur d'échecs*, Paris, Bréal, coll. « Connaissance d'une œuvre », 2000.

- IEHL (Yves), « Dernières nouvelles de Vienne », in *Le Magazine littéraire*, numéro spécial Stefan Zweig, n° 531, mai 2013.

- LE RIDER (Jacques), « L'Europe, sa ferveur puis son tourment », in *Le Magazine littéraire*, numéro spécial Stefan Zweig, n° 531, mai 2013.

- LE RIDER (Jacques), « Représentations de la condition juive », in *Europe*, n° 794-795, juin-juillet 1995.

- LIONEL (Richard), « Avant-propos », in *Le Magazine littéraire*, numéro spécial Stefan Zweig, n° 531, mai 2013.

- MATUSCHEK (Oliver), *Stefan Zweig : Drei Leben – Eine Biographie*, Francfort, Éditions S. Fischer Verlag, 2006.

- NIÉMETZ (Serge), *Stefan Zweig – Le Voyageur et ses mondes*, Paris, Belfond, 1996.

- OURY (Antoine), « La dernière lettre de Stefan Zweig : "Mon foyer spirituel, l'Europe, s'est effondré" », in *actualitte.com*, 9 août 2016, consulté le 28 novembre 2017. https://www.actualitte.com/article/patrimoine-education/la-derniere-lettre-de-stefan-zweig-mon-foyer-spirituel-l-europe-s-est-effondre/66380

- « Stefan Zweig », in *Le Magazine littéraire*, coll. « Nouveaux regards », octobre 2012.

- « Stefan Zweig – *Le Joueur d'échecs*, résumé des notes prises à l'occasion de la conférence de M. Wolfgang SABLER », in *ac-versailles.fr*, consulté le 20 février 2017. http://web2.crdp.ac-versailles.fr/pedagogi/Lettres/szweigws.htm

- TEINTURIER (Frédéric), *Heinrich Mann et la nouvelle : pratiques d'un genre entre roman et théâtre*, thèse de doctorat sous la direction de Jean-Marie Valentin, Université Paris-Sorbonne, 2006.

- THIEBERGER (Richard), *Le genre de la nouvelle dans la littérature allemande*, Paris, Minard, 1968.

- TUNNER (Erika), « Rencontres avec Stefan Zweig », in *Europe,* n° 794-795, juin-juillet 1995.

- TUNNER (Erika), « Stefan Zweig », in *Austriaca, cahiers universitaires d'information sur l'Autriche*, n° 34, juin 1992.

- ZWEIG (Stefan), *Le Joueur d'échecs*, Paris, Stock, coll. « La Cosmopolite », 2014.

SOURCES COMPLÉMENTAIRES

- FREUD (Sigmund), *Introduction à la psychanalyse*, Paris, Payot, coll. « Petite bibliothèque », 2004.

- FREUD (Sigmund), *Le Moi et le Ça*, Paris, Payot, coll. « Petite bibliothèque », 2010.

- HUMEAU (Thomas), *Le Joueur d'échecs*, Paris, Sarbacane, 2015.

- LAFAYE (Jean-Jacques), *L'Avenir de la nostalgie : une vie de Stefan Zweig*, Paris, Éditions du Félin, 1994.

- MAURENSIG (Paolo), *La Variante di Lüneburg*, Milan, Adelphi, 1995.

- PRATER (Donald), *Stefan Zweig*, Paris, La Table Ronde, 1999.

- ZWEIG (Stefan), *Correspondance* (t. I, II et III), Paris, Grasset, 2000, 2003, 2008.

ADAPTATIONS

- *Le Joueur d'échecs*, film de Gerd Oswald, avec Curd Jürgens et Mario Adorf, Allemagne, 1960.

- *Le Joueur d'échecs*, adaptation théâtrale d'André Salzet, mise en scène d'Yves Kerboul, France, 1996-2015.

- *Le Joueur d'échecs*, adaptation théâtrale de Claude Mann, mise en scène de Sissia Buggy, France, 2002-2017.

- *Schachnovelle*, opéra de Cristóbal Halffter, États-Unis, 2013.

- *Le Joueur d'échecs*, adaptation théâtrale d'Éric-Emmanuel Schmitt, mise en scène de Steve Suissa, avec Francis Huster, France, 2014.

- *64 Squares*, adaptation théâtrale de Christopher Harrisson, Royaume-Uni, 2015-2017.

DOCUMENTAIRE

- *Stefan Zweig : 1881-1942*, documentaire d'Edgardo Cozarinsky, avec les voix de Didier Flamand et Philippe Nahoun, France, 1997.

SOURCES ICONOGRAPHIQUES

- Portrait de Stefan Zweig. La photo reproduite est réputée libre de droits.

- Stefan et Friderike Zweig entourés d'amis à Vence (France), 1937. © Center for Jewish History, NYC.

- Stefan et Lotte Zweig. © University of Salford.

www.profil-litteraire.fr

Éditeur responsable : Lemaitre Publishing
Avenue de la Couronne 159 | BE-1050 Bruxelles
info@lemaitre-editions.com

ISBN ebook : 978-2-8062-7576-9
ISBN papier : 978-2-8062-7577-6
Dépôt légal : D/2017/12603/340
Couverture : © Lisiane Detaille.

Conception numérique : Primento,
le partenaire numérique des éditeurs.